mary-kate olsen ashley olsen

Les jumelles s'en mêlent

POKER MENTEUSE

Vous aimez les livres de la série

mary-kate olsen **ashley** olsen
Les jumelles s'en mêlent

Écrivez-nous pour nous faire partager votre enthousiasme :

Pocket Jeunesse - 12, avenue d'Italie - 75013 Paris

mary-kate olsen **ashley** olsen

Les jumelles s'en mêlent

Poker menteuse

Une adaptation
de Judy Katschke et David Hoge
d'après le téléfilm de Dan Cross et David Hoge
d'après la série télévisée créée
par Robert Griffard et Howard Adler

Traduit de l'américain
par Christine Bouchareine

2e édition

POCKET
jeunesse

Titre original :
The Sleep-over Secret

Publié pour la première fois en 1999
par Harper Entertainment, États-Unis.

Loi n° 49-956 du 16 juillet 1949 sur les publications
destinées à la jeunesse : septembre 2003.

ISBN 2-266-13518-X

1

— J'aimerais poser une question, dit Mary-Kate qui déballait son sandwich au beurre de cacahuètes, dans la cafétéria du collège. Pourquoi invite-t-on des amies à venir dormir à la maison alors qu'il n'est pas question de fermer l'œil de la nuit ?

Ashley, sa sœur, ne répondit pas. Elle était plongée dans l'étude de la liste qu'elle avait établie pour sa première soirée pyjama de l'année scolaire.

— Une fois, j'ai passé une nuit blanche, raconta leur amie Amanda. Et le lendemain, j'étais tellement fatiguée que je me suis lavé les dents avec de l'écran total.

— Beurk ! s'écria Ashley. Darcy… Mélanie… Rachel… Amanda… énuméra-t-elle à voix haute.

— Dis donc, protesta Max en se penchant par-dessus la table pour regarder la liste. Je ne vois pas mon nom.

— Et où est le mien ? demanda Brian.

Ashley les dévisagea. Pourquoi fallait-il leur répéter chaque fois la même chose ?

— Vous êtes vraiment lourds, les gars.

Max aspira bruyamment les dernières gouttes de son lait chocolaté.

— Explique-nous quand même, insista-t-il.

— Vous êtes des garçons, précisa Mary-Kate. Si on vous invitait, on n'aurait plus personne à critiquer.

Max et Brian se regardèrent en haussant les épaules.

— Pas de problème, dit Brian. Surtout que nous avons aussi nos soirées entre hommes, n'est-ce pas, Max ?

— Ouais. On plante des tentes dans le jardin et on joue à se mettre le maximum de raisins secs dans le nez.

— Et ensuite, on se gave de chips et c'est à qui vomit le premier.

— Ça ne m'étonne pas du tout, soupira Ashley.

Mary-Kate sirotait son jus de pomme.

— Enfin, à votre place, je ne m'inquiéterais pas trop, dit-elle. Connaissant Ashley, ce n'est pas de vous que nous allons parler vendredi soir.

— Ah bon ? Et pourquoi ? demanda Brian la bouche pleine de bretzel.

— Laisse-moi deviner ! s'écria Max. Elle est amoureuse !

— Mary-Kate, je te conseille de fermer ton clapet, sinon… avertit Ashley.

— D'accord, inutile de t'énerver. Mais je vais vous donner un indice, dit Mary-Kate en se tournant vers Amanda, Max et Brian. Savoir pour qui elle a le béguin cette semaine, c'est simple comme deux et deux font quatre.

— Comme deux et deux font quatre, répéta Max.

— C'est quoi, un problème de maths ? s'enquit Brian.

— Les maths ! s'exclama Amanda. Ça y est ! J'ai trouvé ! Je sais qui c'est !

— Le prof de cours particuliers de Mary-Kate, Taylor Donovan ! s'écrièrent les trois amis à l'unisson.

— Grrrrr ! grogna Ashley, et elle fusilla sa sœur du regard.

Elle cherchait comment détourner la conversation lorsqu'elle entendit des rires venir de la table à côté où étaient assises Jennifer Dilber et sa bande. C'était la table des filles les plus branchées du collège !

— Vite, Mary-Kate ! chuchota-t-elle (elle fourra son sandwich dans son sac). Cache ton sandwich avant que Jennifer et ses amies le voient.

— Pourquoi ?

— Parce que c'est tout juste bon pour les petits de maternelle.

Mary-Kate brandit son sandwich sous le nez de sa sœur.

— Pas du tout. J'adore ça ! protesta-t-elle. En plus, c'est la seule chose que papa sache faire sans mettre le bazar dans la cuisine.

— Chut ! Elles vont t'entendre.

— Et qu'est-ce que tu leur trouves de spécial, à ces crâneuses ?

— Il suffit d'ouvrir les yeux. Elles ont des vêtements super cool. Elles sont invitées aux meilleures fêtes... et elles portent des bagues colorées sur leurs appareils dentaires !

— Mais aucune d'entre elles n'est capable de frapper une balle correctement, dit Mary-Kate.

Ashley secoua la tête et se retourna vers Jennifer et ses amies.

Elle soupira.

— Regarde-les. Elles mangent des salades dans des petits bols en plastique. Avec de la vraie vinaigrette. Quelle classe !

— Tu trouves ? Je parie qu'elles les échangeraient sans hésiter contre un bon gros cheese-burger avec des frites !

Max ricana.

— Ah, c'est sûr ! acquiesça-t-il.

— Ashley, si tu trouves Jennifer tellement géniale, pourquoi ne l'invites-tu pas à ta soirée pyjama ? demanda Mary-Kate.

— Tu plaisantes ? Elle n'acceptera jamais. Elle ne sait même pas que j'existe.

— Ah bon ? Eh bien, maintenant, elle le saura, dit Mary-Kate.

Et elle jeta un grain de raisin sur la table à côté.

— Mary-Kate ! Arrête !

Trop tard. Le grain de raisin roula au milieu des assiettes et alla finir sa course sur les genoux de Jennifer.

— Ouais ! hurla Mary-Kate. En plein dans le mille !

— Bien joué ! jubila Max.

Jennifer et ses amies se retournèrent d'un seul mouvement. Ashley poussa un gémissement. Comment Mary-Kate osait-elle lui faire une honte pareille ?

— Attention, la voilà ! annonça Brian quand Jennifer se leva pour foncer vers eux.

— Et elle a l'air furaaaaaaax ! ajouta Max.

— Ceci appartiendrait-il à l'un d'entre vous ? demanda Jennifer.

Elle tenait dédaigneusement le grain de raisin entre son pouce et son index.

Elle le jeta sur la table.

— Mais oui ! Merci, Jennifer ! dit Ashley. Quel vilain petit fugueur !

Elle le ramassa prestement et le fourra dans la bouche de Mary-Kate.

Celle-ci faillit s'étrangler.

— Ça ne sentirait pas le beurre de cacahuètes par hasard ? continua Jennifer en plissant le nez d'un air dégoûté.

— Le beurre de cacahuètes ! répéta Ashley. Jamais de la vie ! C'est une sauce spéciale que j'adore mettre sur mon…

— … sandwich, finit Mary-Kate à sa place.

Ashley lui décocha un coup de pied sous la table.

Jennifer prit la liste des invités.

— Qu'est-ce que c'est ? Une soirée pyjama ?

Ashley retint son souffle et la regarda parcourir les noms.

— À Chicago, aucune soirée pyjama ne se fait sans moi, continua Jennifer.

— Ne me dis pas que tu viendrais ! s'exclama Ashley, le cœur battant.

— Oui, ajouta Mary-Kate, nous ne savons même pas faire les pop-corn à la fraise.

— Qui a dit que je ne voulais pas venir ?

Tout le monde se tut. Ashley la dévisagea, bouche bée. Jennifer Dilber, la fille la plus cool du collège, avait-elle réellement l'intention de venir à sa soirée ?

— P... pardon ? bredouilla-t-elle d'une toute petite voix.

— Je devais aller chez Danielle Frobisher. Mais son petit frère a la varicelle.

— Quel manque de bol ! grommela Max.

— Tu l'as dit. Et si je reste un vendredi soir chez moi, ma réputation est fichue !

Ashley faillit en tomber de sa chaise.

— Tu... tu veux dire que tu viendrais vraiment ?

— Pourquoi pas ? répondit Jennifer d'un air blasé. À condition que tu suives mes règles.

— Oh, la galère ! gémit Mary-Kate à voix basse.

Ashley donna un coup de coude à Mary-Kate.

— Bien sûr, Jennifer ! s'empressa-t-elle d'acquiescer. Je t'écoute.

— Pas question de raconter des histoires effrayantes dans le noir, déclara Jennifer d'un ton catégorique.

— Pourquoi ? demanda Amanda.

— Parce que c'est tout juste bon pour les sixièmes, répondit Jennifer avec une moue méprisante. Maintenant, on est en cinquième, on va se maquiller et téléphoner à des garçons.

— Et tu ne trouves pas ça encore plus effrayant ? s'écria Mary-Kate.

— C'est une idée géniale ! s'extasia Ashley en rajoutant d'une main fébrile le nom de Jennifer sur sa liste. La soirée commence à sept heures. Apporte juste un sac de couchage et ta brosse à dents.

— Je sais ce qu'il faut prendre, quand même ! Ce n'est pas ma première soirée pyjama !

Ashley la regarda regagner sa table alors qu'elle rejetait ses longs cheveux en arrière.

— Jennifer Dilber va venir à ma soirée ! jubila-t-elle. Je n'arrive pas à le croire !

— Et tout ça grâce au grain de raisin que Mary-Kate lui a balancé, dit Max.

Ashley n'entendait plus personne. Une nouvelle vie s'ouvrait devant elle. Une vie de fille super branchée !

2

— Alors là, c'était une très mauvaise idée de vouloir griller les marshmallows au micro-ondes ! se lamenta Mary-Kate.

Elle sortit une assiette remplie d'une masse visqueuse peu appétissante.

— Pourtant, ils avaient pris une jolie teinte dorée avant d'exploser, dit Carrie.

Mary-Kate et Ashley adoraient leur nouvelle baby-sitter. Elle était très différente des autres. Elle adorait s'amuser, quitte à prendre quelques risques !

Mary-Kate allait plonger le doigt dans la bouillie de guimauve lorsque Ashley fit irruption dans la cuisine.

— Carrie, Carrie, tu sais quoi ? Je viens d'avoir Jennifer Dilber au téléphone. Ça y est ! C'est officiel !

— Quoi donc ? demanda Carrie.

— Elle vient à ma soirée pyjama ! s'écria Ashley en sautant de joie. Je n'osais pas te l'annoncer avant d'en être absolument sûre.

— C'est fabuleux ! Incroyable ! Mais qui est-ce, Jennifer Dilber ?

— La fille la plus snob des cinquièmes, expliqua Mary-Kate. Elle a même sa page sur Internet : « J'aime Jennifer », sur gag.com.

— Tu es juste jalouse parce que je suis devenue l'amie de la fille la plus populaire du collège.

— Oh oui ! J'aimerais tellement être à ta place ! gloussa Mary-Kate.

Et elle fit mine de se lacérer la poitrine.

— Il faut que ce soit une soirée inoubliable, déclara Ashley qui se mit à arpenter la cuisine. À commencer par la nourriture.

— C'est facile. Nous avons déjà fait la liste.

— Oublie-la. Carrie, saurais-tu faire les pop-corn à la fraise ?

— Tu rêves ? Je n'arrive déjà pas à faire griller les marshmallows ! répondit la jeune femme.

— Tant pis. Alors nous aurons trois types de salades.

— Des salades ! s'écria Mary-Kate, horrifiée. Ces trucs pleins de feuilles vertes ?

Sa sœur perdait la boule !

Ashley se tapota rêveusement le menton.

— Bon, on verra le menu plus tard, continua-t-elle. Qu'est-ce qu'on pourrait faire comme jeu ?

— C'est une soirée pyjama, rappela Mary-Kate. La première fille qui s'endort, on la scotche au plancher et on crie au feu.

— C'est à Carrie que je posais la question !

— Je ne sais pas, répondit la jeune femme. Je trouve l'idée de Mary-Kate plutôt amusante.

— Carrie, je suis sérieuse ! soupira Ashley. Si cette soirée se déroule bien, je pourrai aller manger à la table des filles branchées.

— Ça m'a l'air d'être l'événement social de la rentrée, je m'en tiendrai donc aux grands classiques : manger, se maquiller et téléphoner.

— Génial, on appelera des garçons toute la nuit ! jubila Ashley.

— Pour leur dire quoi ? s'écria Mary-Kate.

— Rien. On raccroche dès qu'ils décrochent.

— On jouait déjà à ça quand j'avais douze ans, précisa Carrie.

— Tant pis. Revenons au menu. Il faut absolument trouver autre chose que les recettes de papa.

— Ah bon ! Et qu'est-ce que tu reproches à ma cuisine ? demanda une voix grave derrière elles.

Mary-Kate se retourna d'un bloc. Aïe ! Leur père venait de rentrer, les bras chargés de sacs d'épicerie.

— Bonsoir, papa ! s'écria-t-elle en essuyant ses mains collantes sur un torchon. Nous parlions justement des délicieux sandwichs au beurre de cacahuètes que tu nous as faits aujourd'hui.

— C'est drôle, je me suis demandé au supermarché s'il n'était pas temps de varier votre alimentation.

— Ah oui ? s'exclama Ashley, soudain remplie d'espoir.

Mary-Kate s'imaginait déjà qu'il avait acheté des préparations instantanées pour faire des pizzas, ou, mieux encore, des tacos !

Kevin hocha la tête et sortit de son sac… deux pots de beurre de cacahuètes.

— Onctueux et très riche en morceaux, annonça-t-il avec fierté.

— Merci, papa, dit Ashley, complètement découragée.

Mary-Kate se mit sur la pointe des pieds afin de voir ce qu'il y avait dans les sacs.

— Tu as pensé à notre liste ?

— C'est-à-dire que j'ai eu un peu de mal à déchiffrer vos pattes de mouche. Impossible de savoir si vous vouliez des pistaches ou des potages.

Ashley porta une main à son front.

— Oh, non ! gémit-elle. Dites-moi que je rêve !

— Je plaisantais, dit Kevin.

— On ne plaisante pas avec ces choses-là, papa. Si ma soirée est ratée, je serai bonne pour aller déjeuner avec ces nuls de matheux.

Carrie s'éclaircit la gorge.

— Je te rappelle que ton père est un scientifique.

— Oh, pardon, papa. Je ne voulais pas te vexer.

— Ashley n'a plus toute sa tête, tu sais, papa, ajouta Mary-Kate.

— Elle est tellement contente que Jennifer Dilber vienne à sa soirée, expliqua Carrie.

— Ohhh ! Son Altesse Royale en personne !

— Ouais, la reine des enquiquineuses, grommela Mary-Kate.

Ignorant la remarque désagréable de sa sœur, Ashley commença à énumérer les provisions qu'elle sortait du sac.

— De la glace, des M&M's… de la mortadelle ! Je ne peux pas servir de la mortadelle à Jennifer ! hurla-t-elle.

— C'est mon déjeuner de demain, protesta son père en lui reprenant sèchement le sachet qu'elle brandissait.

— Ce n'est pas le moment de craquer ! lança Mary-Kate.

Elle était définitivement convaincue que c'était une très mauvaise idée d'avoir invité Jennifer.

De deux choses l'une, songea-t-elle, *ou cette soirée sera la meilleure que nous ayons jamais connue ou ce sera un désastre. Et, bizarrement, je penche pour la seconde hypothèse.*

3

— Je sais que ce contrôle était difficile, dit Kevin. Mais je vous rappelle que c'est une chance pour augmenter votre moyenne.

Paul Gundry, l'étudiant qui venait de poser son devoir sur le bureau de Kevin, le reprit pour le rouler en boule.

Kevin l'arrêta d'un geste.

— Voyons, Paul. Attendez au moins que je l'aie corrigé.

— Oh, je suis désolé, s'excusa le jeune homme en défroissant sa copie.

Kevin regarda ses étudiants quitter la salle. Ils avaient l'air découragés. Il compatissait. Lui aussi avait ses soucis. La soirée pyjama d'Ashley, par exemple.

J'ai déjà du mal à contrôler deux filles de onze ans, pensait-il. *Comment vais-je m'en sortir avec huit ?*

Il ne restait plus que Carrie dans la salle. Elle finissait d'inscrire la dernière réponse sur sa feuille.

— J'ai terminé, annonça-t-elle et elle posa avec un grand sourire son devoir sur le dessus de la pile. J'avais plutôt raté le contrôle précédent, et j'espère bien obtenir un sans-faute cette fois-ci.

— Cela ne me surprendrait pas. Je crois que vous avez enfin retrouvé le rythme.

Elle venait de reprendre ses études après sept ans d'interruption.

— Oui, enfin ! l'approuva-t-elle joyeusement.

Elle le salua d'un signe de tête et se dirigea vers la sortie.

— Attendez, Carrie ! Avez-vous des projets pour ce soir ?

— Comme d'habitude : manger, boire, vaquer à mes petites occupations…

— Vous ne voudriez pas venir à la soirée pyjama d'Ashley ?

— Ça dépend. Devrai-je me mettre du vernis à ongles sur les orteils et téléphoner à des garçons ?

— Non, ce serait pour vous occuper des filles.

— Vous ne pouvez pas le faire ?

— J'ai comme l'impression qu'Ashley n'en a aucune envie.

— Qu'en savez-vous ?

— Elle me l'a carrément dit.

— Oh, dans ce cas, je serais ravie de vous rendre service. Je connais toutes sortes de choses géniales pour égayer ce type de soirée.

— Lesquelles ? demanda-t-il, soudain inquiet.

— Des coupes de glace avec des tonnes de chocolat chaud et de guimauve.

— Des coupes de glace ! répéta-t-il en souriant.

— Pourquoi pas ? Nous avons déjà la sauce aux marshmallows.

— Dites donc, ce ne serait pas cette substance infâme qui tapisse le micro-ondes !

Carrie haussa les épaules d'un air désolé.

Kevin jeta un regard à la pendule.

— Carrie, je compte sur vous à sept heures précises.

— Attendez. Mettons les choses au point : vous me paierez ces heures supplémentaires, n'est-ce pas ?

— Tout ce que vous voudrez. Ça ne vous gênera pas de dormir dans le canapé ?

— Il me plaît beaucoup, dit-elle en se dirigeant vers la sortie. À ce soir.

— À ce soir. Et merci encore !

Il la regarda s'en aller et brandit un poing triomphant.

— Ouiiii !

Grâce à Carrie, les filles passeraient une soirée tranquille à se raconter des histoires de fantômes tout en mangeant des glaces à la guimauve.

Il contrôlait la situation.

4

— Oh, Jennifer ! s'extasia Ashley. Ce blush te donne un air tellement... tellement mûr !

Jennifer se contempla dans son miroir de sac.

— Oui, c'est ce qu'on appelle un maquillage naturel, dit-elle.

— Naturel ? ricana Mary-Kate en tirant sur son T-shirt trois fois trop grand pour elle. Ça fait plus d'une heure que tu te tartines !

— Mary-Kate, certaines choses demandent de la patience, protesta Ashley, qui craignait depuis le début que sa sœur ne gâche la soirée.

— Mais nous aurions déjà pu faire une dizaine de blagues par téléphone depuis tout ce temps !

Trop, c'était trop !

Ashley se leva, prit Mary-Kate par le coude et l'entraîna à l'autre bout du grenier.

— Mary-Kate, ça te tuerait d'être sympa juste une soirée ? C'est trop te demander ?

— Si tu trouves sympa ce que vous faites, protesta Mary-Kate en montrant Jennifer et les autres filles, je préfère aller désintégrer quelques extraterrestres !

Elle s'assit par terre et mit en marche sa console de jeu.

— Parfait ! soupira Ashley, rassurée.

Elle rajusta son pyjama en soie rose et regarda autour d'elle. Le grenier disparaissait sous les sacs de couchage, les assiettes d'amuse-gueules et les piles de vêtements.

Jusqu'à présent, tout se déroulait à la perfection. Ashley revint vers Jennifer.

— Tu peux continuer ta démonstration, dit-elle.

— Oui. Si Amanda veut bien cesser de me faire de l'ombre.

— Amanda, ton père n'est pas vitrier! s'écria Ashley, excédée.

— Holà, je m'en vais!

Et Amanda alla rejoindre Mary-Kate.

Ashley, Darcy et Mélanie purent enfin regarder Jennifer apporter la touche finale à son maquillage.

Leur amie se tourna triomphalement vers elles pour se faire admirer.

— Ta-daaa!

Elle s'était mis du fard à paupières bleu lavande et du brillant à lèvres assorti, deux grosses touches de rouge sur les pommettes, et ses sourcils étaient deux fois plus sombres que ses cheveux!

— Voilà comment l'esthéticienne m'a maquillée lorsque ma mère m'a emmenée à New York!

Ashley et les autres filles s'extasièrent et poussèrent des oh! et des ah!

— Évidemment, n'espérez pas obtenir un tel résultat, les prévint-elle.

— Bien sûr que non! approuva Ashley.

— Mary-Kate, tu ne trouves pas que Jennifer en a mis un peu trop ? ricana Amanda à mi-voix.

— Pas si elle doit nous faire un numéro de cirque, répondit Mary-Kate.

— Je t'ai entendue ! rétorqua Jennifer.

Ashley retint sa respiration, craignant une dispute. Mais Jennifer se contenta de ranger ses pinceaux, ses poudriers et ses flacons. La démonstration était terminée.

— Que veux-tu faire maintenant, Jennifer ? lui demanda-t-elle.

— Je crois qu'il est temps d'appeler des garçons.

— Excellente idée. Je vais chercher l'annuaire.

— Inutile.

Jennifer sortit fièrement un petit carnet rose vif de son sac à dos.

— J'ai tous les numéros nécessaires sur moi.

— Par qui commençons-nous ? demanda Darcy.

Jennifer décrocha le combiné et le tendit à Ashley.

— Tiens, j'appelle Greg Garcia. C'est toi qui vas lui parler.

Ashley sentit sa gorge se nouer.

— Lui parler ? répéta-t-elle d'une voix étranglée.

— Qu'est-ce que tu veux faire d'autre ? demanda Jennifer en levant les yeux au ciel.

— Lui raccrocher au nez, par exemple, proposa Ashley.

— C'est ce qu'on fait d'habitude, expliqua Amanda.

Jennifer poussa un grand soupir et regarda la pendule.

— Vous savez… le frère de Danielle Frobisher n'est sans doute plus contagieux, et j'ai déjà eu la varicelle. Je peux peut-être encore me faire inviter chez elle.

— Oh, je voulais juste plaisanter, voyons, se rattrapa Ashley. Je n'aurais jamais raccroché. N'empêche que je ne comprends pas pourquoi tu veux appeler Greg Garcia. Je le trouve nul.

— J'ai le béguin pour lui, tout le monde le sait ! répliqua sèchement Jennifer.

— Ah, oui ! Greg Garcia ! Que je suis bête, je confondais avec un autre ! rectifia aussitôt Ashley. Il est génial !

— Et je connais son numéro par cœur. 555 26 13.

Ashley composa le numéro avec assurance.

— Je ne veux pas rater ça, murmura Mary-Kate en se rapprochant.

— Ça sonne ? chuchota Jennifer.

Ashley hocha la tête. Le téléphone sonnait et ses genoux jouaient des castagnettes. Elle n'avait jamais appelé de garçon au téléphone, à part Max et Brian, mais ça ne comptait pas.

— Qu'est-ce que tu vas dire ? demanda Amanda.

— Oui, qu'est-ce que tu vas dire ? gloussa Mélanie.

— Je commencerai déjà par « Salut ! ».

— Parfait, approuva Jennifer.

— Ouais, dit Mary-Kate. Parce que « bonjour », ça fait vraiment sixième.

Ashley la fusilla du regard. Ce coup de fil était le grand test. Si elle s'en sortait honorablement, elle gagnerait le respect de Jennifer.

— Allô, dit une voix féminine à l'autre bout du fil.

— B… bonjour, bredouilla Ashley. Ma… madame Garcia ?

— Oui ?

— Est… est-ce que… Greg… est là ?

— Oui, mais il est sous la douche. Veux-tu lui laisser un message ?

— Non, non. Je vous remercie. Au revoir.

Ashley raccrocha. Son cœur battait la chamade. Elle leva les yeux. Tous les regards étaient rivés sur elle.

— Eh bien ? demanda Jennifer. Que s'est-il passé ?

— Sa mère m'a dit qu'il était sous la douche.

Les filles se dévisagèrent sans rien dire. Et soudain, elles éclatèrent de rire.

— Il prenait sa douche ! s'écria Amanda. C'est trop cool !

— Eh bien, nous savons au moins qu'il est propre, plaisanta Mélanie.

— Qui appelle-t-on maintenant ? demanda Darcy.

— Personne, décréta Jennifer.

— Comment ça ? protesta Ashley.

— En dehors de Greg Garcia, je ne vois aucun garçon digne d'intérêt, si vous voulez mon avis. Si on faisait un jeu de société, plutôt.

— Excellente idée ! s'exclama Mary-Kate en se levant d'un bond. Nous avons un Monopoly, un Cluedo et des planchettes Ouija absolument terrifiantes.

— Ça ne me dit rien, grommela Jennifer.

— Poker menteuse, alors ? tenta Mary-Kate.

Jennifer secoua la tête.

— Alors que proposes-tu ? s'enquit Ashley.

Jennifer regarda lentement les filles, l'une après l'autre.

— Que diriez-vous de jouer à Action ou Vérité ?

5

— Action ou Vérité ? répéta Ashley.

— Génial, grommela Mary-Kate, qui détestait ça.

— Tout le monde joue ? demanda Jennifer avec un grand sourire.

— Bien sûr, répondit Ashley. On y va.

— Super ! C'est Amanda qui commence, décida Jennifer.

— Pourquoi moi ?

— On suit l'ordre alphabétique.

— Ça sera toi la suivante, chuchota Mary-Kate à l'oreille d'Ashley, pendant que tous les regards se tournaient vers Amanda.

— Alors, Amanda, demanda Jennifer. Action ou Vérité ?

— Action, répondit-elle avec méfiance.

— Dans ce cas… Jennifer regarda autour d'elle et attrapa un sac de marshmallows. Je te défie d'en mettre vingt à la fois dans ta bouche.

Mary-Kate poussa un cri. Amanda détestait la guimauve. Ça commençait mal.

— Vingt ! s'écria Amanda. Au secours !

Mary-Kate remarqua alors qu'Ashley avait l'air aussi angoissée que la pauvre Amanda.

— Vas-y, Amanda, l'encouragea-t-elle.

— Oui, insista Jennifer. Dépêche-toi. À moins que tu ne préfères vingt choux de Bruxelles ?

— Beurk ! s'exclamèrent les autres filles à l'unisson.

Mary-Kate les dévisagea. Décidément elles ne savaient pas ce qui était bon. Elle, elle adorait ça.

— D'accord, marmonna Amanda en mettant un premier marshmallow dans sa bouche avec une grimace.

— Plus que dix-neuf, dit Jennifer.

Mary-Kate regarda son amie ajouter les cubes de guimauve l'un après l'autre. Au seizième, elle ressemblait à un hamster.

— Dix-sept ! ânonnèrent les autres filles d'une seule voix.

— Ça va, Amanda ? s'inquiéta Ashley.

Quelle question ! pensa Mary-Kate. *Elle est presque aussi verte qu'une grenouille.*

— Cho vo, répondit Amanda en prenant le dix-huitième.

— Dix-huit, dix-neuf, vingt ! continuèrent à scander les autres.

— Tu as réussi ! s'écria Ashley.

— Attention, s'écria Mary-Kate (les joues de son amie gonflaient encore plus). Reculez, elle va exploser !

— PFFFFOU !

Vingt marshmallows gluants volèrent à travers le grenier. Certains se collèrent au plafond tandis que d'autres rebondissaient sur les murs.

— C'est vraiment dégoûtant ! se plaignit Jennifer qui retira un morceau de guimauve de ses cheveux.

— C'est toi qui l'as voulu, rétorqua Amanda, le visage en sueur, le teint verdâtre.

Elle se tourna vers Ashley en essuyant les morceaux poisseux qui lui collaient encore au menton.

— À ton tour, Ashley.

Mary-Kate regarda sa sœur. Qu'allait-elle choisir ?

— Vérité ! annonça Ashley avec un grand sourire.

Amanda réfléchit longuement.

— Eh bien, Ashley, si tu devais passer le reste de ta vie sur une île déserte avec un seul garçon, qui choisirais-tu ?

— Cette question me plaît bien, remarqua Jennifer. Alors, Ashley, qui prendrais-tu ?

— Fastoche. Je choisirais... Taylor Donovan !

— Qui est-ce ? demanda Jennifer, très intéressée.

— Mon prof de maths, dit Mary-Kate.

— Il a quinze ans, ajouta Ashley. Il a son propre orchestre et son cousin est passé dans *Qui veut gagner des millions ?*...

— Quinze ans ! s'écria Mélanie d'une voix perçante.

— Un vieux ! s'exclama Darcy.

Mary-Kate contempla ses amies. Toutes semblaient passionnées par la question sauf Jennifer, qui avait l'air de s'ennuyer mortellement.

— Pff ! Un prof de cours particuliers ! Je vois… C'est à toi, maintenant, Mary-Kate.

— Mais mon nom commence par un *m* ! Tu dois passer avant moi.

— Vas-y, insista Ashley en lui donnant un coup de coude.

— Non, je ne joue plus.

— Qu'est-ce qui t'arrive ? ricana Jennifer. T'as les chocottes ?

Mary-Kate la fusilla du regard. Elle n'allait pas laisser cette peste la traiter de poule mouillée.

— Très bien. Alors Vérité !

Jennifer se frotta les mains.

— Je me régale d'avance, dit-elle. Mary-Kate, jusqu'où es-tu déjà allée avec un garçon ?

Les autres filles se mirent à pousser des hurlements d'excitation.

Elle veut la vérité ? Elle va l'avoir ! songea Mary-Kate. *Tant pis pour elle !*

— D'accord. Eh bien… au pique-nique du 4 juillet [1]… j'ai embrassé un garçon sur la bouche !

1. Fête nationale célébrant l'indépendance américaine.

6

— Tu as fait quoi ? s'écria Ashley.

— J'ai embrassé un garçon sur la bouche, répéta Mary-Kate en haussant les épaules.

— Sur la bouche ? hurla Amanda.

— Oui.

— Ce n'est pas vrai, dit Ashley. Tu mens !

— Non. Croix de bois croix de fer, si je mens je vais en enfer.

Et Mary-Kate cracha par terre.

C'est impossible, songea Ashley. *Nous sommes jumelles. Nous partageons tout : notre anniversaire, notre chambre, le moindre secret !*

— Pourquoi tu ne me l'as jamais dit ?

— Parce que tu es incapable de tenir ta langue.

— Quoi ! Alors que tu as raconté à tout le monde que j'étais amoureuse de Taylor Donovan !

Ashley vivait un véritable cauchemar. Elle était née deux minutes avant sa sœur. En tant que cadette, celle-ci ne pouvait avoir déjà embrassé un garçon sur la bouche !

— Et qui c'était ? demanda-t-elle.

— Gary Goodrich.

— C'était toi ! s'écria Jennifer, tout excitée. J'avais effectivement entendu dire qu'il avait embrassé une fille le 4 juillet. Et c'était comment ?

— Pas mal. Bon, alors maintenant, on peut jouer au Cluedo ?

— Pas question ! protesta Jennifer. Je veux des détails !

Ashley regarda avec horreur ses amies s'agglutiner autour de Mary-Kate. C'était elle la reine de la soirée.

— D'accord. J'ai gardé les yeux ouverts mais lui les a fermés.

— Ouaaah ! s'extasia Amanda.

— Et quoi d'autre encore ? trépigna Jennifer.

Ashley trépignait, elle aussi, mais intérieurement. C'était sa soirée à elle, pas celle de Mary-Kate ! Elle devait les faire changer de sujet de conversation.

— Le pire, continua Mary-Kate, c'est qu'il avait la bouche pleine de...

— Pizza ? la coupa Ashley.

Les autres se retournèrent d'un seul mouvement pour lui jeter un regard assassin.

— Quoi ? demanda Jennifer, en fronçant les sourcils.

— Est-ce que vous voulez une pizza ? demanda Ashley d'une voix suave.

Les filles secouèrent la tête et reportèrent leur attention sur Mary-Kate.

— En fait, il était en train de manger des chips. Et il sentait le...

— Saucisson ? glissa Ashley.

— Quoi ? s'écria Jennifer.

— Vous la voulez aux champignons ou au saucisson ? insista Ashley, désespérée.

— À ce que tu veux ! soupira Jennifer. Continue, Mary-Kate !

— Enfin, bref, il sentait les chips. Heureusement, il ne portait pas d'appareil...

Ashley se dirigea le cœur lourd vers le téléphone. Non seulement Mary-Kate lui avait caché un secret capital, mais voilà qu'elle lui volait sa soirée et ses amies !

Comment osait-elle lui faire une chose pareille ?

7

— Qu'est-ce qu'elles sont sages, là-haut ! s'étonna Kevin. Vous ne trouvez pas ça inquiétant ?

Carrie sourit. Réaction typique d'un père angoissé.

— Je ne sais pas. Peut-être ont-elles fait le mur et volé votre voiture pour aller s'acheter des chocolats ?

Un rugissement de rire leur fit alors lever la tête.

— Rassurez-vous, elles sont rentrées !

— Je ne vous paie pas pour que vous vous moquiez de moi.

Carrie était assise sur le canapé à côté de Kevin. Elle l'observa du coin de l'œil. Ils avaient passé la soirée à faire des toasts grillés au fromage et des coupes de glace. Il était temps de passer aux choses sérieuses.

— Je suppose que vous avez fini de corriger notre contrôle ?

— Oui, presque, répondit Kevin en hochant la tête.

Carrie scruta son visage, à la recherche d'un signe qui lui indiquerait si elle l'avait réussi… ou raté !

— J'aimerais bien connaître mes résultats pour pouvoir profiter tranquillement de mon week-end, murmura-t-elle.

— Eh bien, Carrie. J'ai corrigé votre devoir, et j'ai le grand plaisir de vous annoncer que…

— Oui ?

Elle se redressa, frémissante d'impatience.

— … vous découvrirez votre note, comme tout le monde, la semaine prochaine.

Elle se laissa retomber contre le dossier du canapé, déçue.

— Alors, je n'ai vraiment aucun avantage à travailler pour vous ? gémit-elle.

Elle fut interrompue par la sonnette de l'entrée... Kevin, suivi par Carrie, alla ouvrir.

— Et une hyper pizza super garnie ! annonça une voix familière.

— Paul ! s'exclama Kevin.

C'était Paul Gundry, étudiant le jour, livreur de pizzas le soir. Il suivait avec elle les cours du professeur Kevin Burke.

— Que le monde est petit ! s'écria le garçon.

— Mais je n'ai pas commandé de pizza, protesta Kevin.

— Alors qui cela peut-il être ?

— Je crois le savoir, monsieur, dit Carrie (elle leva les yeux vers le plafond d'un air entendu). On ne peut pas vivre uniquement de crèmes glacées.

— Carrie ! Qu'est-ce que tu fais là ? s'écria Paul, interloqué.

— Bonsoir ! lança-t-elle joyeusement en lui prenant le carton des mains.

— J... je... je... je, bredouilla le garçon tandis que son regard allait et venait de l'un à l'autre.

Oh, oh ! Carrie n'avait pas besoin de savoir lire dans les pensées pour deviner à quelle conclusion Paul était arrivé. Il était persuadé que Kevin et elle sortaient ensemble.

— Écoutez, Paul, marmonna Kevin (il ouvrit son portefeuille pour le payer). Je sais que les apparences sont contre nous...

— Ah non ! Au contraire ! Je trouve ça génial, monsieur. Bon appétit !

— Attendez, Paul ! s'écria Kevin en courant après lui alors que le garçon remontait déjà sur son scooter. Laissez-moi vous expliquer !

Trop tard. Il était parti.

Kevin se retourna vers Carrie, désemparé.

— Paul croit que je... que nous... enfin que vous et moi...

— Je sais, soupira Carrie.

Paul croit que je sors avec Kevin. Mais comme ce n'est pas le cas, inutile de m'en soucier. D'ailleurs, de quoi se mêle-t-il ? Ma vie privée ne regarde que moi, non ?

8

— Ta soirée était extra, Mary-Kate, dit Amanda en levant les deux pouces.

Mais Mary-Kate n'y est pour rien! C'était ma soirée, pas la sienne! protesta intérieurement Ashley tandis que ses invitées prenaient congé de sa sœur, leur sac de couchage sous le bras.

— Merci, Amanda, répondit Mary-Kate.

— Il faut que tu viennes à ma fête, ajouta Mélanie.

— Je ne te promets rien. Je suis vraiment très prise, tu sais.

Ashley songea avec tristesse qu'il y avait à peine vingt-quatre heures, c'était elle qu'elles préféraient. Décidément, les jours se suivaient et ne se ressemblaient pas. Il avait suffi d'une soirée... et d'un baiser idiot pour que tout bascule !

— Merci, Mary-Kate, dit à son tour Jennifer. On se voit lundi, au collège. Tu n'auras qu'à venir manger avec nous !

Et Jennifer partit sans un regard pour Ashley.

— Au revoir, Jennifer ! s'écria-t-elle en se précipitant derrière elle.

Jennifer regarda par-dessus son épaule et étouffa un bâillement.

— Oh... au revoir, Ashley !

— Merci d'être venue ! Et merci d'avoir apporté ton maquillage ! C'était génial !

Ashley la regarda s'éloigner puis elle referma la porte.

— Eh bien, cette fois, la fête est finie, murmura Mary-Kate, avec une pointe de regret dans la voix.

— Je te déteste ! lui jeta Ashley à la figure.

— Pourquoi ?

— Tu as gâché ma soirée ! Quelle idée d'aller raconter que tu avais embrassé un garçon ! Après ça, elles n'ont plus voulu parler d'autre chose !

— Pfff ! Surtout que je n'ai même pas trouvé ça très agréable. Gary empestait les chips !

— Oh, si, ça t'a plu ! Sinon tu n'aurais pas passé la nuit à en parler !

— Est-ce ma faute si personne n'a voulu jouer au Twister ? Et ce sont elles qui m'ont assaillie de questions. Elles voulaient savoir si Gary m'avait prise dans ses bras…

— Je t'en prie, épargne-moi les détails !

— Tu as un problème ? interrogea Mary-Kate.

— Oui, et je vais te dire lequel. Tu m'as piqué mes amies ! Même Jennifer Dilber te trouve plus sympa que moi !

— Elle s'en remettra dès qu'elle découvrira que j'aime mieux jouer au soft-ball que courir les magasins.

— En tout cas, moi, je ne m'en remettrai jamais, déclara Ashley. Tu m'as caché un truc énorme alors que nous n'avons jamais eu de secret l'une pour l'autre ! Je ne t'ai jamais fait une vacherie pareille.

— Ah bon ? s'écria Mary-Kate en mettant les mains sur ses hanches. Et le jour où tu m'as volé ma dent sous mon oreiller pour avoir la pièce de la petite souris ?

— Mary-Kate, nous avions cinq ans et demi ! Embrasser un garçon est bien plus grave.

— Pas pour la petite souris !

— Tu veux que je te dise ? Ma vie est complètement gâchée. Et par ta faute !

— Ta vie est gâchée ? Qu'est-ce que je devrais dire ? Je ne pourrai jamais plus manger de chips ! conclut Mary-Kate.

— Ohhh !

Ashley pivota sur elle-même et se rua vers l'escalier, évitant de justesse Carrie qui descendait, son sac de voyage sur l'épaule.

— Hou là ! C'est grave ! Ai-je bien entendu ? Mary-Kate n'aime plus les chips ?

— Oui, mais à partir d'aujourd'hui, elle pourra faire une cure de germes de soja et de champignons à la table de Jennifer Dilber !

9

Pendant tout son cours, Kevin sentit que Paul l'observait avec insistance.

— Bien, dit-il en dessinant un cristal au tableau. Quelqu'un se souvient-il de la façon dont les ions s'attirent ?

Il y eut un long silence. Paul se pencha vers son ami Brett et lui glissa fort peu discrètement :

— Ils commandent une pizza à minuit !

— Personne ? demanda Kevin, ignorant la remarque. Ils sont attirés par des ions de charge opposée.

Du coin de l'œil, il vit Paul et Brett continuer à chuchoter. Cela lui mit les nerfs en pelote.

— Alors, voyons maintenant ce qui se passe une fois que les ions se sont associés.

— Ils finissent leur pizza et s'associent à nouveau, ricana Brett.

Sur cette brillante repartie, Brett et Paul se tapèrent dans les mains en éclatant de rire.

— Parfait, dit Kevin. Vous voulez qu'on en parle ? Eh bien, parlons-en !

Il s'éclaircit la voix, tous les regards rivés sur lui.

— Je vois que Paul a raconté à tout le monde qu'il avait vu Carrie chez moi, vendredi soir.

— Génial ! s'exclama un étudiant.

— Bravo, monsieur ! lança un autre.

— En fait, monsieur, je l'avais seulement dit à Brett, bredouilla Paul.

Kevin ne sut plus quoi dire. Il avait, une fois encore, mis les pieds dans le plat !

— Je ne voudrais surtout pas que vous vous fassiez des idées, enchaîna-t-il précipitamment. Carrie est juste venue pour une soirée pyjama. Je suis incapable de m'occuper de plusieurs filles à la fois…

La classe explosa de rire.

— Carrie est ma baby-sitter ! cria-t-il au-dessus du brouhaha. Carrie, je vous en prie, tirez-moi de là ! la supplia-t-il avec un petit sourire.

Elle se renfonça dans son siège et garda les yeux fixés sur le stylo qu'elle faisait tourner entre ses doigts.

— Allons, Carrie. Dites à vos camarades qu'il n'y a rien entre nous.

— Je me refuse à tout commentaire ! répondit-elle en haussant les épaules.

— Comment ça ? Que voulez-vous dire ?

— Ma vie privée ne regarde que moi !

Mais il s'agit aussi de la mienne ! protesta intérieurement Kevin. *Les professeurs ne doivent pas fréquenter leurs étudiantes. Ma réputation est en jeu !*

— Eh bien, je vous remercie d'avoir éclairci la situation, bougonna-t-il, hors de lui.

— Il n'y a pas de quoi, monsieur.

— Pour en revenir aux cristaux... reprit-il en regardant fixement le tableau.

Il s'arrêta, l'esprit vide. Impossible de se souvenir de ce qu'il voulait dire. Il se retourna vers la salle.

— Écoutez, nous nous arrêterons là pour aujourd'hui, d'accord ?

Les étudiants plièrent bagage et se dirigèrent vers la sortie, non sans faire de multiples réflexions sur ce qui venait de se passer.

— Monsieur? dit Paul en s'arrêtant devant son bureau.

— Oui, Paul ?

— Vous ne m'en voulez pas, j'espère ?

— Au revoir, Paul.

Kevin se précipita pour rattraper Carrie qui s'apprêtait à quitter la salle.

— Je ne comprends pas votre attitude. Pourquoi ne leur avez-vous pas dit la vérité ?

— Parce que je ne veux pas m'abaisser à nier ces commérages stupides. Je me moque de ce qu'ils pensent. Et je ne comprends pas pourquoi vous vous en préoccupez !

— J'ai toujours mis un point d'honneur à ne jamais sortir avec mes étudiantes. Je tiens à ma réputation.

Carrie se perdit dans la contemplation de ses sandales.

— Cette université est un vrai village, reprit Kevin. Les rumeurs courent vite.

— Voyons, monsieur, ce que j'aurais pu dire n'aurait rien changé.

— Pourquoi ?

— Les gens croient ce qu'ils veulent croire. C'est humain. Vous devriez le savoir, vous qui êtes professeur de sciences !

— Je le sais. Mais vous auriez dû déclarer publiquement que nous ne sortions pas ensemble.

— Écoutez, nous savons l'un comme l'autre que nous avons passé la soirée à faire des glaces et à ouvrir des paquets de chips !

— Ouais, mais pas eux. Vous vous croyez peut-être au-dessus des commérages, pourtant ils peuvent faire beaucoup de mal. Vous verrez...

10

— Hé, Ashley ! lança Mary-Kate en déballant son sandwich. J'ai le plaisir de t'annoncer que, pour une fois, nous n'avons pas beurre de cacahuètes et confiture au menu, mais beurre de cacahuètes et banane !

Ashley contempla son sandwich d'un air accablé. Elle en voulait toujours à sa sœur. Elle lui avait gâché son week-end.

— Hein ?

Mary-Kate posa son sandwich sur la table et prit une profonde inspiration.

— Très bien. Combien de temps vas-tu me faire la tête ?

— Je ne vois pas de quoi tu parles !

— Enfin, Ashley ! Nous sommes jumelles ! Nous nous connaissons depuis notre naissance, et même avant. Ça ne représente donc rien pour toi ?

Ashley aspira une grande gorgée de jus de fruit. Mary-Kate avait l'air sincèrement contrariée. Elle n'avait peut-être pas tort. Elle était à la fois sa sœur et sa meilleure amie. C'était nul de se brouiller pour une stupide histoire de soirée.

— Tu as raison. Je crois que j'ai un peu exagéré.

— Je crois, répondit Mary-Kate en souriant.

— Surtout que rien n'a vraiment changé depuis ce week-end. Nous vivons toujours dans la même maison, nous allons au même collège, nous partageons les mêmes repas…

— Salut !

Ashley leva les yeux. C'était Jennifer Dilber, en pull moulant et baggy.

— Salut, Jen. Ça va ? répondit Mary-Kate.

— Salut, Jennifer, dit à son tour Ashley.

— Salut. Vous n'auriez pas vu Amanda ?

— Elle est allée chercher des yaourts avec Max et Brian, répondit Ashley. Tu veux t'asseoir ? Y a de la place.

— Non, merci, sans façon. Mary-Kate, tu peux venir à notre table ?

L'estomac d'Ashley fit trois tours sur lui-même.

— Qui, moi ? demanda Mary-Kate.

— Oui, toi. Nous dressons la liste des garçons les plus craquants du collège et nous aimerions avoir ton avis.

Elles auraient pu trouver mieux, comme experte, songea Ashley.

— C'est sympa. Mais si ça ne t'ennuie pas, je préfère rester avec ma sœur. Nous venons à peine de commencer nos sandwichs, n'est-ce pas, Ashley ?

Ashley lui sourit. Ça, c'était une amie ! Elle prit son sandwich et mordit dedans à pleines dents.

— Des sandwichs ? Non, mais tu plaisantes ? s'écria Jennifer en éclatant de rire. Stacey Montrose a apporté une énorme boîte de tacos !

Les yeux de Mary-Kate s'allumèrent.

— Des tacos ? Avec de la sauce aux oignons et aux poivrons ?

— Extra forte ! renchérit Jennifer.

— Alors là, je peux pas résister ! Ça te dit, Ashley ?

— Sans façon.

Mary-Kate se leva en haussant les épaules et suivit Jennifer jusqu'à sa table.

Je le crois pas, pensa Ashley. *D'abord Mary-Kate me cache un énorme secret. Ensuite, elle me pique ma soirée. Et maintenant, elle va manger à la table des filles branchées sans moi !*

Elle eut soudain envie de vomir. Et pas à cause du beurre de cacahuètes.

11

— Si on m'avait dit que je devrais un jour te tirer du lit ! s'exclama Mary-Kate, le lendemain matin, en secouant sa sœur.

— Laisse-moi tranquille ! bougonna Ashley. Je me lèverai dans cent ans !

Elle se renfonça sous sa couette rose.

— Comme la Belle au bois dormant ? Super. Tu espères peut-être qu'un prince viendra te réveiller avec un bai…

— Je t'interdis de prononcer ce mot, la coupa Ashley en se redressant. Tu as compris ? Je ne veux plus jamais l'entendre !

Mary-Kate secoua la tête.

Leurs relations s'étaient sensiblement dégradées depuis la veille. Elle n'aurait jamais dû accepter l'invitation de Jennifer ! À présent, sa sœur n'arrêtait pas de la rembarrer, quand elle ne refusait pas carrément de lui parler.

— Tu sais, Ashley, ce n'est pas en restant dans ton lit, même cent ans, que tu arriveras à embrasser un garçon !

Ashley lui jeta son oreiller à la figure. Mary-Kate remarqua alors que le côté de la chambre d'Ashley, normalement bien rangé, était presque aussi en désordre que le sien.

— Au fait, annonça-t-elle en tirant sur son grand T-shirt. Je n'irai pas à la cafétéria aujourd'hui.

Ashley se rassit précipitamment.

— Ah bon ! Pourquoi ?

— J'ai promis à Mme Lang, la prof de dessin, de l'aider à accrocher les peintures. Cela me fera gagner des points supplémentaires.

Ashley se leva d'un bond.

— Dis-moi, Mary-Kate... Euh... Tu veux bien me prêter ton T-shirt des Cubs ? Et ton jean troué aux genoux ?

Mary-Kate la dévisagea, effarée.

— Bien sûr. Mais je croyais que tu trouvais mes vêtements catastrophiques...

Ashley éclata de rire.

— C'était pour plaisanter ! Et j'en ai assez de me préoccuper de ce que je dois mettre. À partir d'aujourd'hui, je fais passer mon confort avant tout.

Là, c'était trop gros ! Ashley aurait préféré mourir plutôt que porter ses tenues. Surtout devant Jennifer.

— Je te vois venir avec tes gros sabots, Ashley !

— Quoi ?

— Tu veux te faire passer pour moi à la cafétéria !

— Et pourquoi ferais-je une chose aussi ridicule ?

— Pour pouvoir t'asseoir à la table de Jennifer !

— Tu m'as démasquée ! soupira Ashley en se laissant retomber sur son lit.

Mary-Kate ouvrit sa commode, en sortit son jean troué et son T-shirt des Cubs, et les posa gentiment sur le lit de sa sœur.

— Tiens. Si c'est tellement important pour toi, je te les prête.

Ashley prit le jean du bout des doigts. Mais quand son regard se posa sur le T-shirt délavé, elle fondit en larmes.

— J… je… je ne peux pas, sanglota-t-elle.

— Écoute, Ashley. Pourquoi veux-tu qu'on te prenne pour moi ? Pourquoi n'irais-tu pas carrément t'asseoir à la table de Jennifer ?

— Parce que tu as embrassé un garçon sur la bouche et pas moi.

Mary-Kate s'en voulut terriblement. Pourquoi avait-elle accepté de jouer à ce jeu stupide ? Et pourquoi n'avait-elle pas choisi Action plutôt que Vérité, quitte à s'enfoncer une trentaine de raisins secs dans le nez. Si seulement elles avaient joué à poker menteuse ! Elle ne supportait pas d'être fâchée avec sa sœur.

Elle décida de tenter une nouvelle réconciliation.

— J'ai une idée, Ashley. Pourquoi ne viendrais-tu pas m'aider à accrocher les peintures ? Nous ne serons pas trop de deux.

— T'aider ! Tu n'as pas eu besoin de mon aide au pique-nique du 4 juillet ! Ni à ma soirée pyjama. Ni à la table de Jennifer. Ni...

— Décidément, il n'y a rien à faire, soupira Mary-Kate, découragée.

Ashley pourrait-elle jamais lui pardonner ?

12

— Et celui-là ? chuchota Amanda en montrant un garçon qui passait dans la rue.

Mary-Kate l'examina de la tête aux pieds. Il portait une chemisette et un pantalon qui s'arrêtait aux mollets. Deux stylos dépassaient de sa poche de poitrine.

— Trop ringard !

Quelques instants plus tard arriva un grand ado maigre, les cheveux rasés et un anneau dans le nez.

— Et lui ? demanda Amanda.

— Trop cool ! trancha Mary-Kate d'un ton sans réplique.

— Je ne comprends pas très bien, Mary-Kate. Pourquoi tiens-tu tellement à ce que ta sœur embrasse un garçon ?

— Parce qu'elle m'en veut à mort. Je lui ai gâché sa soirée. Et j'ai embrassé un garçon avant elle ! Je ne peux pas revenir en arrière, mais peut-être que si nous sommes à égalité, tout redeviendra comme avant. Et qu'elle arrêtera de bouder.

Elle s'accouda à la balustrade en soupirant.

— C'est l'enfer, Amanda, tu n'imagines pas ! Cet après-midi, j'ai mis un T-shirt avec une grosse tache de ketchup et elle n'a rien dit. Elle n'a même pas ricané.

— Alors là, si notre grande prêtresse de la mode ne fait plus de réflexions, c'est qu'elle débloque complètement !

— Et ce n'est qu'un exemple ! Elle m'a snobée dans le bus ce matin. J'ai dû m'asseoir à côté d'un gamin de primaire qui tenait un bocal rempli d'insectes sur ses genoux.

— Beurk !

— Et le pire, reprit Mary-Kate après un long silence, c'est que je la comprends. Je n'aurais jamais dû aller à la table de Jennifer sans elle. C'était ignoble et je m'en veux terriblement.

— Arrête, Mary-Kate, Ashley t'a sans doute déjà pardonnée. Que fait-elle en ce moment ?

— Elle lance des fléchettes sur ma photo.

— Oh !

— Il faut absolument que je lui trouve quelqu'un. Tu vois, un garçon mignon, avec qui elle se sente à l'aise, qu'elle connaisse déjà !

Au même moment, Max et Brian arrivèrent au bout de la rue.

— J'en tiens deux ! s'exclama Mary-Kate.

— Max et Brian ? Tu plaisantes !

Mais Mary-Kate courait déjà à leur rencontre.

— Pourquoi as-tu manqué l'entraînement de soft-ball ? demanda Max.

— J'ai eu un empêchement. J'ai raté quelque chose ?

— Ben Fahey a accroché son appareil dentaire dans son casque, dit Brian.

— Ouille ! dit Mary-Kate en faisant une grimace.

— Bon, on se verra demain, en cours ! lança Max.

— À plus ! dit Brian.

Je dois passer à l'action, songea-t-elle en les regardant s'éloigner. *Et vite !*

— Attendez ! On s'ennuie, Amanda et moi. Vous ne voulez pas jouer avec nous ?

Les deux garçons se retournèrent.

— À quoi ? demanda Max.

— Si on allait faire une bonne petite partie de console dans le grenier ? proposa Mary-Kate. Je fournis les sodas.

— OK ! Je sens qu'on va gagner, dit Brian.

— Tu peux rêver, rétorqua Mary-Kate.

— Je crois que je vais vous abandonner, déclara Amanda. Bonne chance ! ajouta-t-elle en croisant les doigts en direction de Mary-Kate.

— Merci. Allez, vous venez, les garçons ? On y va.

C'est un plan génial. Je suis sûre que tout s'arrangera dès qu'Ashley aura embrassé un garçon. Je dois l'aider.

Pourvu que ça marche !

13

— Tu t'amuses bien, Ashley ? demanda Mary-Kate en entrant dans le grenier.

Le poster de Sammy Sosa avait été remplacé par une photo de Mary-Kate, truffée de fléchettes.

— Comme une folle, rétorqua Ashley.

Et elle visa une nouvelle fois sa cible.

Chtong ! La fléchette se planta sur le nez !

— Chouette ! En plein dans le mille !

Mary-Kate pencha la tête pour étudier le portrait de plus près et éclata de rire.

— Tu sais que c'est une photo de toi ?

Ashley s'approcha. Elle dut se rendre à l'évidence. Sa sœur avait raison.

— Fiche-moi la paix ! bougonna-t-elle.

— Ashley, j'ai décidé de résoudre ton problème.

— Quel problème ? Tout va bien !

En guise de réponse, Mary-Kate mit deux doigts dans sa bouche et émit un sifflement à percer les tympans.

Max et Brian entrèrent à leur tour.

— Bonsoir, Ashley, dit Brian en sirotant sa limonade.

— Ça va ? demanda Max.

— Bon, Ashley, reprit Mary-Kate. Choisis celui que tu veux.

— Pour quoi faire ?

— Pour l'embrasser ! annonça Mary-Kate avec un sourire radieux.

— Quoi ? hurla Ashley, hors d'elle.

— Une minute ! protesta Max. Tu nous as proposé de venir jouer à la console !

— C'était un piège !

— Et pourquoi je les embrasserais ? fit Ashley.

— Nous serions à égalité. En plus, comme moi, c'est déjà de l'histoire ancienne, les autres filles ne s'intéresseront plus qu'à toi.

— Pas si j'embrasse un de ces deux-là !

— Je ne suis pas d'accord, protesta Max. Je la connais depuis toute petite !

— Oui, mais elle a grandi, déclara Brian.

Il s'avança ensuite vers Ashley en roulant les épaules et en lui décochant un sourire enjôleur.

— C'est quand tu veux, poupée !

— Écoute, Brian, fais-moi signe quand tu n'auras plus de dents de lait !

— Quoi !

— Viens, Brian, dit Max. Nous ne sommes pas venus pour nous faire insulter.

— Merci, les gars, murmura Mary-Kate (elle les raccompagna jusqu'à la porte). Désolée que ça n'ait pas marché.

— Tu connais mon numéro si tu changes d'avis ! lança Brian à Ashley avant de disparaître.

Elle leva les yeux au ciel.

— Je voulais juste t'aider, s'excusa Mary-Kate.

Ashley n'avait jamais éprouvé une fureur pareille.

— Mais de quoi tu te mêles ! Je n'ai pas besoin de toi pour embrasser un garçon. Je peux me débrouiller toute seule !

— Génial ! Dans ce cas, si on allait faire des cookies au chocolat en attendant, comme au bon vieux temps. Tu les prépares et moi je les mange.

— Pas question !

Mary-Kate baissa la tête, découragée.

— Je voulais juste arranger les choses entre nous, conclut-elle tristement en quittant la pièce.

— Laisse-moi me débrouiller toute seule, répéta Ashley. (Elle clasqua la porte derrière sa sœur.) Et choisir moi-même le garçon que j'embrasserai. Surtout que je sais où le trouver, ajouta-t-elle tout bas avec un grand sourire.

14

— D'accord, ce partiel était difficile. Mais je m'attendais à mieux de votre part, dit Kevin à ses étudiants.

Carrie le regarda rendre les copies en retenant son souffle. Elle avait tant attendu cet instant !

— Carrie, dit-il en lui tendant sa feuille.

— Merci, répondit-elle d'une voix étranglée par l'angoisse.

Elle regarda sa note. Un A ! Génial ! Ses efforts étaient enfin récompensés.

— Quelle note tu as eue ? demanda Paul (il se pencha par-dessus son épaule pour voir son devoir). Oh, un A ! Félicitations !

— J'aurais peut-être dû aller à cette soirée pyjama chez le professeur, moi aussi, ricana Brett.

Carrie sentit son visage s'embraser.

— Fichez-moi la paix ! J'ai travaillé dur pour l'avoir. Je ne me suis pas couchée de la nuit !

— Je n'en doute pas. (Paul éclata de rire.) Avec notre hyper pizza super garnie, il y avait de quoi tenir un bon moment !

Carrie pinça les lèvres en voyant d'autres étudiants éclater de rire.

— J'ai mérité cette note. Je n'ai pas besoin de sortir avec un professeur pour avoir de bons résultats. Je vous assure.

Il était temps de remettre les pendules à l'heure !

— Monsieur, vous voulez bien leur dire la vérité, s'il vous plaît ?

— Je me refuse à tout commentaire, répondit Kevin, les bras croisés.

— Wahou ! Ça devient chaud ! s'écria Brett.

— Quoi ! s'écria Carrie, abasourdie.

— Je n'ai rien à dire, insista Kevin.

Il se tourna avec un grand sourire vers sa classe.

— À demain. Et n'oubliez pas de lire le chapitre suivant.

Les étudiants se levèrent.

— Attendez, leur cria Carrie. Ce n'est pas juste ! J'ai vraiment mérité ce A !

— J'en suis certain, dit Paul en lui faisant un clin d'œil.

Écroulés de rire, Brett et lui s'éloignèrent.

Carrie se rua vers Kevin au pas de charge.

— Comment avez-vous pu me faire ça ? Maintenant, ils croient que j'ai obtenu cette note parce que j'ai passé la nuit chez vous.

— Quelle importance ? Vous vous moquez de ce qu'ils pensent ! Votre vie privée ne les regarde pas… non ?

Carrie rougit en reconnaissant ses propres paroles.

— Ça m'est égal qu'ils croient que je sors avec vous. Mais qu'ils n'imaginent pas que c'est pour avoir de bonnes notes !

— Et moi, en qualité de professeur, je ne veux pas qu'ils croient que je sors avec vous... Point final !

— Maintenant, je comprends. Vous savez, soupira-t-elle en regardant son devoir, c'est le premier A que j'obtiens depuis que j'ai repris mes études. Et tout mon plaisir est gâché.

— Si j'en juge par votre travail, Carrie, ce n'est que le premier d'une longue série !

— C'est vrai, vous le pensez vraiment ?

Un large sourire éclaira le visage de la jeune femme.

— Bien sûr, vous avez parfaitement assimilé les cristaux, c'est clair comme du cristal !

— Merci. Hélas, les autres croiront toujours que mes bonnes notes ne sont dues qu'à nos relations. Que faire ?

Kevin se gratta le menton.

— Eh bien, nous n'avons pas le choix. Je ne vois qu'une solution.

— Laquelle ?

— Rompre !

— Rompre ? Mais c'est une excellente idée ! s'exclama Carrie.

— Et il faut que ce soit sanglant. Et en public, pour que tout le monde soit au courant !

— Vous savez quoi ? Je vous plaquerai demain matin devant la classe entière.

— Pourquoi attendre ? Si je connais bien mes étudiants, ils ne doivent pas être très loin.

— Vous plaisantez ? dit Carrie en jetant un regard inquiet vers la porte.

— Vous ne me croyez pas ? Vous allez voir.

Il s'éclaircit la gorge.

— Comment ? Vous voulez rompre ? Je peux savoir pourquoi ? se mit-il à hurler à pleins poumons.

Elle écarquilla les yeux de stupeur tellement il avait l'air sincère !

— À vous, chuchota-t-il. Répondez-moi !

— Parce que ce A me révolte ! Je méritais un A plus !

— Un A plus !

Carrie sourit. Cette petite comédie commençait à lui plaire.

— Et en plus, votre pizza m'est restée sur l'estomac ! rugit-elle.

— Je ne vois pas ce que vous lui reprochez à ma pizza !

— Le gruyère et le saucisson me donnent la nausée !

Kevin leva les deux pouces en l'air et étouffa un rire.

— Tout est fini entre nous, conclut la jeune femme. J'en ai assez !

Carrie fit volte-face et ouvrit la porte si brusquement que Paul et Brett faillirent atterrir au milieu de la classe.

Kevin avait raison. Ils n'étaient vraiment pas allés très loin !

— Vous avez oublié quelque chose ? leur demanda-t-elle, les sourcils froncés.

— Oui, dit Paul en se redressant. J'aimerais savoir ce que tu lui reproches… au saucisson ?

15

— Cette stupide leçon de maths ne finira donc jamais ? soupira Ashley en glissant un regard pour la énième fois dans la salle de séjour.

Mary-Kate était assise sur le canapé, à côté de Taylor Donovan, son prof particulier.

Ashley en était folle amoureuse. Elle ne pouvait rêver mieux pour un premier baiser. Seul petit hic : comment parvenir à ses fins ?

— Il faut que j'y aille, Mary-Kate, dit enfin Taylor (il referma son livre). N'oublie pas de revoir les nombres décimaux pour la prochaine fois.

— Tu veux ma mort !

— Désolé, ça fait partie des choses que je dois dire pour mériter mes dix dollars de l'heure.

— Ah, je comprends !

Ashley se cacha derrière la porte pendant que sa sœur passait devant elle en courant. Mary-Kate détalait toujours dès que le cours était fini, sans se donner la peine de raccompagner Taylor.

Ashley tendit l'oreille. Carrie faisait la vaisselle du goûter dans la cuisine. Mary-Kate était montée dans sa chambre. La voie était libre !

Elle pouvait passer à l'action.

Elle lissa son pull rose, redressa les épaules et s'avança dans la salle de séjour.

— Oh, bonjour, Taylor. Je suis contente de te voir. C'est une nouvelle chemise ?

— Non, répondit-il en fronçant les sourcils. Pourquoi ?

— Comme ça. Elle fait tellement... tellement propre !

Il la regarda d'un air perplexe.

— Dis-moi, tu pourrais m'expliquer un petit problème de maths avant de partir ?

— Il doit être coriace pour qu'une championne comme toi cale dessus !

Ashley s'approcha et ouvrit le livre de sa sœur au hasard.

— Oh ! C'est... c'est celui-là, dit-elle, le doigt posé sur le premier exercice venu.

Elle se pencha par-dessus son épaule pendant qu'il lisait l'énoncé. Si elle voulait l'embrasser, elle devait agir vite et le prendre par surprise. Elle s'avança, encore... encore...

— J'ai trouvé ! s'écria-t-il en se redressant brusquement.

BOUM ! Le crâne de Taylor percuta violemment le menton d'Ashley.

— Aïe ! s'écrièrent-ils d'une seule voix.

Elle se frotta le menton, complètement sonnée.

— Ça va, Ashley ? demanda-t-il en la prenant par les épaules.

— Oui, oui, ça va. Et toi ?

— Oui, sauf que tu m'as à moitié assommé !

— Je cherchais la solution, bredouilla-t-elle.

Comment avait-elle pu se mettre dans une situation aussi ridicule ?

— C'est tout simple. Il suffit de convertir le nombre décimal en fraction et tu n'as plus qu'à faire la multiplication.

— Tu as raison. C'est facile ! Merci, Taylor.

— Il n'y a pas de quoi. Et désolé encore pour ce coup de tête. Au revoir.

Je suis nulle, songea Ashley en le regardant s'en aller.

Elle se rua dans la cuisine, passa sans un mot devant Carrie et se mit à sortir du sucre, de la farine, des œufs...

— Qu'est-ce que tu fais, Ashley ? demanda la jeune femme, étonnée.

— Un gâteau.

— Une heure avant le dîner ? Mais pourquoi ?

— Parce que c'est la seule chose que je sache faire correctement, marmonna-t-elle.

Elle posa bruyamment un gros plat creux sur la table.

— Je ne sais pas jouer au soft-ball, je suis incapable de réussir une soirée décente et je n'ai jamais embrassé un garçon sur la bouche !

— Mais qu'est-ce que tu racontes, Ashley ? Explique-moi tout. Que s'est-il passé ?

— Pendant ma soirée pyjama, nous avons joué à Action ou Vérité et Mary-Kate a dit qu'elle avait embrassé un garçon. Depuis, mes amies m'ont laissée tomber pour elle.

Carrie écarquilla les yeux.

— Mary-Kate a embrassé un garçon ?

— J'en ai été la première surprise, ça, tu peux me croire. Mais ce qui m'a fait le plus de peine, c'est qu'elle me l'ait caché.

— Nous avons tous nos secrets. Même entre jumelles.

— Le pire, c'est que maintenant je dois embrasser un garçon à mon tour, si je veux être à égalité. Et que tout redevienne comme avant.

— Ouille ! Ça, c'est un vrai problème.

— Ne m'en parle pas, marmonna Ashley.

Elle ouvrit le réfrigérateur et y prit des citrons.

— Je me souviens de mon premier baiser. J'avais quatorze ans.

— Quoi ? Tu étais si vieille que ça ?

Carrie hocha la tête.

— Oui ! Il s'appelait Philip McKena. Nous avons pris le bus scolaire ensemble pendant six mois avant qu'il se décide.

— C'était comment ? demanda Ashley en posant les citrons sur le plan de travail.

— Le trajet en bus ? Assez remuant.

— Non, Carrie, le baiser ! Dis-moi tout. Et surtout, n'oublie aucun détail !

Carrie leva les yeux vers le plafond pour rassembler ses souvenirs.

— Il pleuvait, ce jour-là. Nous étions serrés sous son parapluie à l'arrêt du bus.

— Et alors ?

— Il avait le visage trempé. Il s'est penché vers moi... et il m'a embrassée.

— Oh ! Et c'était comment ?

— Merveilleux. Jusqu'au moment où il a laissé tomber mes livres dans la boue.

— Tu t'en souviens encore ! Ça remonte pourtant à...

— L'Antiquité ? plaisanta Carrie.

— Non, ce n'est pas ce que je voulais dire. Mais ça fait longtemps, quoi !

— Je sais. Pourtant on n'oublie jamais un premier baiser qui a réellement compté. Nous étions amoureux et nous ne nous sommes pas embrassés pour prouver quoi que ce soit aux autres.

— Oui, ce n'était pas à cause d'un jeu stupide, soupira Ashley en baissant la tête.

— Surtout pas. Ton premier baiser doit être pour toi toute seule. Pas pour tes amies.

— Ni pour ma sœur.

— Tu as parfaitement compris.

Ashley sourit. Mais pourquoi n'était-elle pas venue trouver Carrie plus tôt ?

— Quant au fait que Mary-Kate ait préféré garder son secret pour elle, ne lui en veux pas. Un de ces jours, tu pourrais bien avoir aussi un secret que tu n'auras pas envie de partager avec elle.

Ashley réfléchit et sourit d'un petit air coquin.

— Je crois que j'en tiens déjà un.

— Lequel ?

— Celui de la recette des biscuits au citron. Je ne suis pas près de le lui révéler !

16

— Quelle bonne humeur ! Qu'est-ce qui t'arrive ? s'étonna Mary-Kate.

Sa sœur la rejoignait avec un grand sourire aux lèvres.

— C'est un secret !

— Je dirais plutôt que c'est un soulagement, dit Amanda en se glissant entre elles. Il n'y a rien de pire que deux jumelles qui se boudent. C'est contre nature !

Soudain, Jennifer surgit au détour du couloir, vêtue d'une veste en daim, d'un pantalon assorti et, comme toujours, beaucoup trop maquillée.

— Salut, Jennifer, dit Mary-Kate. Quoi de neuf ?

— Tu m'excuseras, mais c'est à ta sœur que je voudrais parler, rétorqua Jennifer sans même la regarder.

Mary-Kate écarquilla les yeux. Quel revirement !

— Moi ? s'étonna Ashley. Pourquoi ?

Jennifer scruta les alentours avant de se pencher vers elle d'un air de conspirateur.

— Ce matin, j'ai pris une grave décision en me maquillant.

— Laisse-moi deviner. Tu vas changer de couleur d'ombre à paupières.

— Non ! C'est aujourd'hui le grand jour !

— Pour quoi faire ? demanda Amanda.

— Pour embrasser un garçon !

C'est reparti ! soupira Mary-Kate.

— Et qu'est-ce qui t'a décidée ?

— Facile ! Je me suis dit que si une fille comme ta sœur pouvait embrasser un garçon sur la bouche, c'était à la portée de n'importe qui !

— Merci, Jennifer ! soupira Mary-Kate d'un ton dégoûté.

Jennifer entraîna les trois filles dans un coin tranquille.

— Alors, voici mon plan. Il y a toujours des garçons de troisième qui jouent au basket dans le parc, après les cours.

— Et tu veux les embrasser ? demanda Amanda.

— Que veux-tu que je fasse d'autre ? Que je marque des paniers avec eux ?

— Mais ils sont en troisième ! Ils sont beaucoup trop vieux ! riposta Amanda, les yeux écarquillés.

— Je sais. Justement, c'est ça qui est chouette.

Mary-Kate la vit alors plonger la main dans son sac à dos et en sortir un tube de rouge à lèvres.

— Regardez. Je l'ai acheté en venant au collège. Il s'appelle Violet Extrême. Il est garanti résistant aux baisers.

— Quoi ! Tu as acheté un rouge exprès pour ça ! Mais tu es folle !

— Oh, Mary-Kate, Mary-Kate. Arrête de jouer les blasées.

— Écoute, Jennifer, intervint Ashley. Si tu veux embrasser un garçon aujourd'hui, c'est ton affaire. Mais pourquoi tu nous mets dans le coup ?

— Parce que je sais que tu aimerais bien en faire autant, Ashley. Amanda me l'a dit.

— Ah bon, elle t'a dit ça ? dit Ashley en regardant Amanda de travers.

— Désolée. C'était plus fort que moi, Ashley, répondit Amanda. Je n'ai pas pu résister à l'appel des tacos !

— Et je sais également que tu meurs d'envie de le faire, toi aussi, Amanda, ajouta Jennifer.

— Moi ! Amanda laissa échapper un petit gloussement. Oui, j'avoue que ça me tente.

— Eh bien, Ashley ! dit Mary-Kate. Voilà l'occasion rêvée. Profites-en !

— Non !

— Quoi ?

— Ça ne me dit rien. Je ne veux pas gâcher mon premier baiser, c'est trop important. Je préfère attendre de rencontrer un garçon qui me plaira vraiment.

— Quoi ? Répète-moi ça ! cria Mary-Kate.

— Mais Ashley, tu risques d'attendre une éternité ! protesta Jennifer.

— Peut-être. Et tu ne crois pas que ça en vaut la peine ?

Mary-Kate, Amanda et Jennifer la dévisagèrent sans rien dire.

— Alors là, tu m'épates, s'exclama Jennifer. Quelle maturité ! Je n'avais pas vu les choses sous cet angle, mais…

— Oh, doucement, Jennifer, la coupa Mary-Kate, les mains sur les hanches. Il y a quelques secondes à peine, tu étais prête à embrasser toute l'équipe de basket du lycée.

— C'est du passé, la rembarra Jennifer avec un geste nonchalant. Ashley a raison. Les bonnes choses méritent un peu de patience.

Elle se retourna vers Ashley et la prit par l'épaule.

— Retrouvons-nous toutes après les cours. Mais pas pour embrasser qui que ce soit.

— Alors, pour quoi faire ? s'inquiéta Amanda.

— J'ai une idée ! Si on coupait la tête de Leonardo DiCaprio pour la coller sur le corps de Matt Damon ! proposa Ashley.

— Génial ! s'écria Jennifer en entraînant Ashley et Amanda.

— Si je comprends bien, ma cote de popularité s'est déjà effondrée ! s'exclama Mary-Kate, seule au milieu du couloir.

17

— Max, à toi de miser, dit Mary-Kate après avoir jeté un coup d'œil à ses cartes.

— D'accord. Deux biscuits et un chewing-gum.

Mary-Kate le regarda poser ses sucreries au milieu de la table de la cuisine. Ils n'étaient pas d'excellents joueurs de poker mais personne n'avait d'aussi bons jetons !

— Allez, Brian ! continua Carrie. Décide-toi avant que la mise ne pourrisse.

— C'est mon jeu qui est pourri, soupira le garçon en jetant ses cartes sur la table.

Au même moment, Ashley, Jennifer et Amanda entrèrent par la porte du jardin.

— Bonsoir, Carrie ! Salut, les mecs !

— Vous voulez faire un poker ? proposa Max.

— C'est quoi ? demanda Jennifer d'un air dégoûté.

— Laisse tomber.

— Nous montons au grenier, annonça Ashley.

— Oui, dit Amanda en passant une pile de magazines d'un bras sur l'autre. Nous avons un travail très important à faire.

— Des devoirs ? s'enquit Carrie.

— Si on veut, gloussa Jennifer. Nous étudions la vie des plus beaux ados du showbiz !

Mary-Kate regarda sa sœur quitter la cuisine, suivie par Jennifer et Amanda. Elle avait enfin l'air heureux.

— Ashley a retrouvé ses amies, hein ? remarqua Carrie. Que s'est-il passé ?

— Eh bien, Jennifer voulait absolument embrasser un garçon pour être dans le coup...

— Mais où étais-je ? soupira Brian.

— Tu jouais sans doute au tas de sable ! plaisanta Max.

— … quand Ashley a décrété qu'elle préférait attendre d'être amoureuse, qu'elle voulait que ce soit un moment inoubliable.

— Sans blague ! s'exclama Carrie.

— Ouais. Et les autres en sont restées babas. Depuis, elles la trouvent super branchée parce qu'elle n'a jamais embrassé de garçon. Tu trouves ça normal, toi ?

— Pas vraiment.

Mary-Kate surprit un éclair malicieux dans le regard de sa baby-sitter.

— Carrie ? lui demanda-t-elle avec un petit sourire en coin. Tu n'y serais pas pour quelque chose ?

— Qui ? Moi ?

— Oui. Dis-nous la vérité, intervint Max.

— Bon, d'accord. J'avoue que je me suis permis de donner des petits conseils à Ashley.

— Toi ? s'écria Brian.

— Hé, qu'est-ce que tu crois ? rétorqua-t-elle. Il n'y a pas qu'au poker que je me défends.

Brian se renversa sur son siège et poussa un gros soupir.

— Je comprends tout ! Ashley n'attend que moi !

— Nous aussi, dit Mary-Kate en agitant ses cartes. Alors tais-toi et distribue.

Elle le regarda faire, un petit sourire aux lèvres.

Tout rentrait enfin dans l'ordre. Ashley recommencerait bientôt à l'asticoter au sujet de ses vêtements, de son désordre, de ses ronflements...

Elle en trépignait d'impatience !

Tu as aimé

Poker menteuse

Alors retrouve vite Mary-Kate et Ashley
avec cet extrait de

Sœur contre sœur

[...]

Ashley arrêta sa sœur sur le seuil de la classe.

— Est-ce qu'il me regarde ? murmura-t-elle.

— Qui donc ? demanda Mary-Kate à voix haute.

— Chut ! Pas si fort ! Il va t'entendre. Je parle de Pokey Valentine, voyons !

Mary-Kate leva les yeux au ciel.

— Encore lui !

— Oui, nous fêterons notre premier mois demain.

— Ah bon ! Vous sortez ensemble !

— Non, ce n'est pas encore fait, mais il y a pile un mois que je suis amoureuse de lui. Alors, il me regarde ou pas ?

— Non, il essaie de fourrer dans la chemise de David Mouseman une boulette de papier qu'il vient de mâchouiller.

— Tant mieux ! J'ai une tache de mayonnaise sur ma robe et j'ai peur qu'il ne la voie.

Mary-Kate examina la robe de sa sœur en plissant les yeux.

— Quoi, c'est pour cette tache minuscule que tu fais tout ce cinéma !

— Oui, quelle horreur ! Je ne prendrai plus jamais de salade au thon.

— Eh bien, vu ce qu'il est en train de faire, je ne crois pas qu'une tache de mayonnaise le dégoûterait. Mais si tu veux aller à ta place sans te faire remarquer, c'est le moment, fonce !

— Merci !

Ashley n'était pas assise depuis cinq secondes que Mlle Tandy, leur prof principale, arriva.

— À vos places et taisez-vous ! Vous pourrez parler à loisir dès que vous connaîtrez votre partenaire pour l'exposé d'histoire.

Chouette ! pensa Ashley. *Je sais déjà qui je vais prendre : Pokey Valentine !*

Deux rangs derrière elle, son ami Brian leva la main.

— On ne pourrait pas aussi choisir un partenaire pour les contrôles, mademoiselle ?

— Eh bien, Brian, que dirais-tu de faire équipe avec moi pour le prochain devoir ? plaisanta le professeur. Ça te plairait de venir t'asseoir à côté de moi ?

Le garçon déglutit péniblement.

— Pourquoi ? Vous voulez copier sur moi ?

Toute la classe éclata de rire, même Mlle Tandy.

— Non, merci, Brian. Pas après la note que tu as obtenue la dernière fois !

Ashley se retourna pour voir sa tête. Il riait lui aussi.

— Alors, voilà, j'ai marqué vos noms sur des petits bouts de papier et nous allons procéder au tirage au sort.

Elle posa devant elle un haut-de-forme qui traînait d'habitude sur le dessus de l'armoire.

— Il me faudrait un autre chapeau. Tu veux bien me prêter ta casquette, Mary-Kate ?

— Bien sûr, mademoiselle.

Mary-Kate retira sa casquette et l'apporta à son professeur sans se soucier de ses cheveux, complètement aplatis.

Mlle Tandy remercia Mary-Kate d'un sourire et répartit les papiers dans le haut-de-forme et la casquette.

— Très bien, annonça-t-elle en plongeant une main dans chaque chapeau. Commençons. Voici les deux premiers partenaires pour l'exposé. Alison Alston et... Jessica Reich ! Très bien, mettez-vous sagement dans le fond de la classe pour choisir votre sujet. Je continue...

Ashley et Pokey, pria silencieusement Ashley. *Ashley et Pokey. Ashley et Pokey. Si je le souhaite vraiment très fort...*

— Pokey Valentine et... Mary-Kate Burke.

Quoi ! C'était impossible ! Une merveilleuse histoire d'amour se brisait avant même d'avoir débuté ?

Elle se tourna vers Mary-Kate, qui lui répondit d'un haussement d'épaules.

Ashley entendit alors Mlle Tandy prononcer son nom.

— Ashley Burke et… David Mouseman.

Beurk ! Comment pourrait-elle faire un exposé avec ce binoclard aux cheveux gras ? En plus, il se trimballait avec une boulette de papier dans sa chemise !

Il se dirigea vers elle avec un petit sourire timide.

— Sa… salut, bégaya-t-il. Je… je crois qu'on doit travailler ensemble. Tu as déjà une idée ? Que dirais-tu d'un exposé sur le discours de Lincoln à Gettysburg ?

— Au secours ! C'est un cauchemar ! marmonna-t-elle entre ses dents.

— Quoi ?

— Rien !

Elle regarda d'un œil lugubre sa sœur qui bavardait tranquillement avec Pokey Valentine, à l'autre bout de la classe.

Connaissant Mary-Kate, ce n'était pas d'histoire qu'ils devaient parler. Mary-Kate se fichait autant de ses notes que de ses études. Ashley était prête à parier qu'ils parlaient de basket.

Et soudain, elle eut une idée.

Une idée géniale !

Prenant David par les épaules, elle le força à s'asseoir à sa place.

— Attends-moi là ! lui cria-t-elle avant de se précipiter vers sa sœur.

Celle-ci était toujours en grande conversation avec Pokey.

— Mary-Kate ! s'écria Ashley, lui coupant la parole. Je peux te voir une minute ? En privé ? J'ai... euh... je voudrais te faire un emprunt.

— Bien sûr.

Mary-Kate la suivit à l'écart.

— Qu'est-ce que tu veux ?

— Je voudrais que tu me prêtes ton partenaire...

Dans la même collection

mary-kate olsen **ashley** olsen

Les jumelles s'en mêlent

1. Une baby-sitter, non merci !
2. Échec et maths
3. Poker menteuse
4. Sœur contre sœur
5. Espionnes en herbe
6. Super mannequins

mary-kateandashley
Poupées
Super Spa Day™
Trempe ses mains et ses pieds dans l'eau
pour faire apparaître la couleur des ongles !
Changer la couleur de ses yeux et de ses lèvres.
Passe une journée au spa avec Mary-Kate et Ashley ! Tu peux faire apparaître la couleur des ongles...
... et changer le maquillage de jour en maquillage pour le soir !
La chaise se transforme en coiffeuse.
Real Dolls for Real Girls
Real Dolls For Real Girls, mary-kateandashley.com, Mary-Kate and Ashley, mary-kateandashley, Mary-Kate, Ashley et tous les éléments afférents sont des marques de Dualstar Entertainment Group, LLC ™ et © 2003 Dualstar Entertainment Group, LLC. Utilisation sous licence. Tous droits réservés.
mary-kateandashley.com
America Online Keyword: mary-kateandashley
DUALSTAR CONSUMER PRODUCTS
MATTEL

Composition : Francisco *Compo*
61290 Longny-au-Perche

Impression réalisée sur Presse Offset par

BRODARD & TAUPIN

GROUPE CPI

La Flèche (Sarthe), le 09-12-2003
N° d'impression : 21720

Dépôt légal : septembre 2003
Suite du premier tirage : décembre 2003

Imprimé en France

POCKET jeunesse
12, avenue d'Italie • 75627 PARIS Cedex 13
Tél. : 01.44.16.05.00